ON A UN MONSTRE
DANS LA CLASSE !

Conforme à la loi n° 49956 du 16 juillet 1949
sur les publications destinées à la jeunesse.
ISBN : 2-09-250726-5

ON A UN MONSTRE DANS LA CLASSE !

Gudule

Illustrations d'Anaïs Massini

Nathan

1

UN NEZ LÉPHANT, ÇA TROMPE, ÇA TROMPE…

– Maîtresse, maîtresse, le nez de Cédric s'allonge ! hurle Noémie.

– On dirait une grande saucisse ! ajoute Aglaé.

La maîtresse fronce les sourcils :

– Cédric, veux-tu bien cesser de faire l'andouille ! dit-elle sévèrement.

Comme d'habitude, Cédric n'obéit pas. C'est un très mauvais élève, mais il est super doué en grimaces. Plus tard, il veut devenir grimacier. Nous, on trouve ça marrant d'avoir un futur grimacier dans la classe. Bien plus passionnant, en tout cas, que les cours de maths et de grammaire !

Bientôt, le nez de Cédric atteint le sol et se met à ramper entre les chaises. On dirait un gros serpent mou. Lorsqu'il frôle la cheville de Sophie, celle-ci pousse un cri indigné :

– Espèce de mal élevé, t'as pas le droit de regarder sous ma jupe !

Et elle lui envoie un coup de pied.

– Maîtresse, je saigne du nez ! proteste Cédric.

– Tant pis pour toi, dit la maîtresse. Si tu te tenais tranquille, ça n'arriverait pas.

Mais elle lui donne quand même un paquet de Kleenex.

En deux temps trois mouvements, tous les mouchoirs y passent.

– Une nappe en papier conviendrait mieux, remarque Aglaé.

– Ou un drap de lit, ajoute Noémie.

– Et pourquoi pas les rideaux, tant que tu y es ? ricane Pierre-Yves.

– Bonne idée, dit la maîtresse en décrochant tous les rideaux de la classe.

Du coup, le soleil entre à flot.

– Chouette, on va pouvoir bronzer ! s'écrie Sophie.

Et elle embrasse Cédric.

2
ARAIGNÉE, POIL AU NEZ !

– Maîtresse, maîtresse, Cédric a apporté son élevage d'araignées ! glapit Noémie.

– Il y en a des milliers ! gémit Aglaé. Elles courent partout !

– Nom de nom ! dit la maîtresse qui ne jure que dans les grandes occasions.

Déjà, des cris de panique s'élèvent dans la classe :

– Au secours, une grosse mygale grimpe sur ma jambe !

– Et moi, j'ai une famille de faucheux dans ma culotte !

Les élèves montent sur les tables, trépignent, secouent leurs habits. Sophie, qui a peur de tout même d'une fourmi, sanglote, en proie à une crise de nerfs. Pierre-Yves essaie d'escalader le tableau, mais il glisse et se casse la figure dans les craies.

– Ce n'est pas la peine de vous affoler, assure Cédric, mes araignées sont très gentilles. Elles veulent juste des câlins. Si vous les caressez, je vous promets qu'elles ne vous piqueront pas !

– Tu seras collé mercredi ! déclare la maîtresse à Cédric. Tu sais bien que c'est interdit d'amener des animaux en classe !

Cédric se met à bouder :

– J'en ai marre de l'école, proteste-t-il. On nous gronde sans arrêt.

– Si tu étais sage, ça n'arriverait pas ! dit la maîtresse.

Au même instant, un bruit bizarre fait tourner toutes les têtes.

C'est Pierre-Yves qui pleure. Mais un Pierre-Yves méconnaissable, tellement rouge et enflé qu'on dirait un ballon de baudruche.

– Qu'est-ce qui se passe encore ? soupire la maîtresse.

– Je suis allergique aux insectes, souffle Pierre-Yves.

Et il continue à gonfler.

– Si tu éclates, toi aussi tu seras collé mercredi ! le menace la maîtresse, hors d'elle.

3

RADIO BIDE

– Maîtresse, maîtresse, Cédric fait de la musique avec son ventre ! crie Noémie.

– C'est du jazz, précise Aglaé qui est musicienne. On entend la trompette, la batterie et le piano !

La maîtresse lève les yeux au ciel.

– Qu'as-tu encore été inventer, Cédric ?

– J'ai mangé le poste de radio au petit déjeuner, répond Cédric. Il n'y avait plus de baguette pour tremper dans mon café au lait.

– Tu as le droit de manger ce que tu veux quand tu es chez toi, mais je ne veux pas entendre de bruit en classe, dit sévèrement la maîtresse. Éteins ce poste tout de suite !

– Je n'y arrive pas, le bouton est coincé, avoue Cédric.

– Même si on appuie sur ton nombril ? suggère Pierre-Yves.

Il joint le geste à la parole. Aussitôt, un rock endiablé s'élève.

– Je préférais le programme de tout à l'heure, dit la maîtresse. File dans le couloir, Cédric !

– Pourquoi ? proteste Cédric. Je n'ai rien fait de mal ! Ce n'est quand même pas ma faute si le programme est nul !

– Je déteste le rock, dit la maîtresse. Si au moins tu produisais de la musique classique…

Cédric pique du nez vers le sol :

– J'ai beau me tripoter le nombril, je ne parviens plus à changer de fréquence.

– Il va falloir attendre que les piles se vident pour avoir du silence, constate Pierre-Yves.

– Ça risque de durer longtemps : avant de manger le poste, je venais juste de le remplir de piles neuves. Les anciennes n'avaient plus aucun goût.

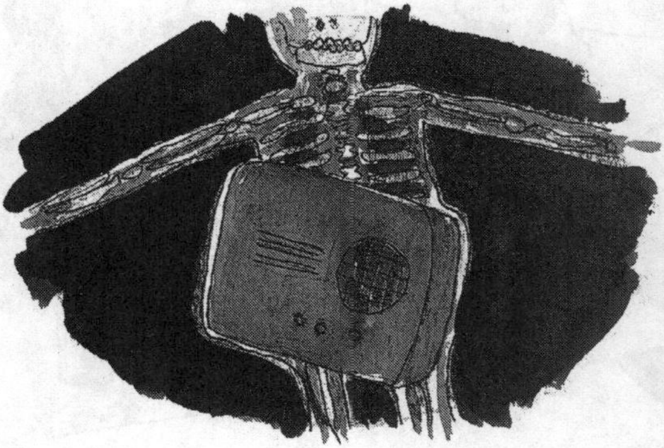

4

AU LOUP !

– Maîtresse, maîtresse, Cédric s'est mis tout nu ! beugle Aglaé.

– Et il a plein de poils partout ! ajoute Noémie.

La maîtresse hoche la tête avec consternation :

– Qu'est-ce que c'est que ces manières, Cédric ! Tu ne peux vraiment pas te conduire convenablement ?

Le pelage de Cédric se hérisse de honte.

– J'y peux rien, maîtresse, c'est la pleine

lune et je suis en train de me transformer en loup-garou !

S'il y a bien une chose que la maîtresse ne supporte pas, c'est l'insolence.

– Tu te moques de moi, vilain menteur ! rugit-elle. La pleine lune, à trois heures de l'après-midi ?

– Flûte, ma montre avance, constate Cédric, penaud.

– Ça ne peut plus durer, déclare la maîtresse. Tu diras à tes parents que je veux leur parler. Il faut qu'ils sachent comment tu te comportes en classe.

Cédric lève le museau vers le plafond, et pousse un hurlement à vous glacer le sang. Il semble si malheureux que la maîtresse a des remords.

– Ne pleure pas comme ça, voyons, lui dit-elle. Tu as donc si peur de te faire gronder ?

– Pas du tout, répond Cédric. Vous voulez rencontrer mes parents ? Eh bien, je les appelle !

L'instant d'après, une horde de loups sauvages envahit l'école.

– Décidément, tous les garous ont le même problème d'heure, constate la maîtresse. Donne-moi l'annuaire, Pierre-Yves, que je cherche l'adresse d'un bon magasin de montres à quartz !

5
UNE HISTOIRE À VOMIR DEBOUT

– Maîtresse, maîtresse, Cédric est malade ! braille Noémie.

– Il vomit des crapauds, des limaces et des vers de terre ! ajoute Aglaé.

– Houlà, la femme de ménage ne va pas être contente ! s'affole la maîtresse en entraînant très vite le coupable vers les toilettes.

Cédric éjecte une colonie de têtards dans le cabinet avant de répondre : « Blouirrgglll ».

En temps normal, la maîtresse exigerait qu'il articule. Mais là, c'est un cas un peu spécial. Parler en vomissant, il n'y a rien de plus difficile, surtout quand on n'a qu'une seule bouche. Ça demande un sacré entraînement. Or, Cédric n'a pas le temps de s'entraîner : on a bien trop de devoirs, le soir. La maîtresse se sent donc un peu fautive.

– À mon avis, il y a quelque chose que tu n'as pas digéré, se contente-t-elle de remarquer en lui tapotant le dos. La prochaine fois que tu auras soif, évite de laper l'eau de la mare.

Cédric ouvre de grands yeux.

– Pourquoi, maîtresse ?

– Parce qu'elle est pleine de microbes, de poissons et d'œufs de grenouilles. Ça t'amuse de tomber malade ?

Cédric réfléchit un long moment.

– Non, admet-il. Dorénavant, je ne boirai plus que de l'eau de vaisselle.

6
LA FAIM JUSTIFIE LES MOYENS

– Maîtresse, maîtresse, Cédric embête Clarisse ! s'écrie Noémie.

– Il veut en faire des rillettes pour la mettre sur sa tartine, ajoute Aglaé.

La maîtresse pousse un soupir agacé.

– Cédric, veux-tu bien te tenir tranquille !

– Mais j'ai faim, moi ! proteste Cédric.

– Tu n'avais qu'à manger à la cantine, au lieu d'éclabousser tes camarades en sautant à pieds joints dans leur assiette !

– Si on ne peut même plus s'amuser… grogne Cédric.

Clarisse en profite pour se sauver à l'autre bout de la classe.

– Eh, reviens ! dit Cédric. Je déteste le pain sans rien dessus.

– Tu n'as qu'à mettre de la marmelade d'Aglaé ou de la compote de Sophie, suggère Clarisse.

– Bonne idée, répond Cédric, j'adore les tartines de compote !

Et il se rue sur Sophie.

– Cédric, tu me copieras deux cents fois : « Mes camarades de classe ne sont pas des aliments comestibles » ! lui lance la maîtresse avec sévérité.

Cédric bondit d'indignation :

– À quoi ça sert de venir à l'école, alors ?

– À nourrir ton esprit, grâce à l'instruction.

– Je préfère nourrir mon estomac grâce à Sophie !

– Je ne me parfumerai plus jamais à la pomme verte ! décide Sophie avant de se sauver à toutes jambes.

7

UN SACRÉ CAS D'EAU !

– Maîtresse, maîtresse, Cédric est enrhumé ! annonce Noémie.

– Et ça inonde la classe ! ajoute Aglaé.

La maîtresse regarde par terre, et s'aperçoit qu'en effet, tout le monde patauge dans la morve.

– Tu n'as pas de mouchoir, Cédric ? demande-t-elle sévèrement.

– Non, répond Cédric, je les ai tous utilisés quand je saignais du nez.

– Alors renifle, dit la maîtresse.

– Impossible, proteste Cédric, si je

renifle, je vais me noyer !

– C'est toi ou nous ! dit la maîtresse. Le niveau monte, on en aura bientôt jusqu'aux genoux.

Et, sans lui demander son avis, elle bouche les narines de Cédric avec du coton.

– Dommage… regrette Sophie, déçue. On aurait pu transformer la classe en piscine. J'ai justement apporté mon maillot !

– Tu vas rentrer chez toi et y rester jusqu'à ce que tu sois guéri, Cédric ! décide la maîtresse.

Cédric hoche tristement la tête.

– Ma mère ne veut pas, répond-il.

– Et pourquoi donc ? s'étonne la maîtresse.

– La concierge a promis qu'au prochain raz de marée, elle appelait les pompiers.

Et le bruit de la sirène effraie ma petite sœur.

8

ÉCOLOS, POIL AU DOS !

– Maîtresse, maîtresse, Cédric ronfle pendant la récré ! couine Noémie, entrant en trombe dans la classe.

– Et ça provoque un tremblement de terre ! ajoute Aglaé.

La maîtresse se précipite dans la cour. Un cataclysme épouvantable a tout mis sens dessus dessous. Les arbres sont déracinés, les murs éboulés, le préau détruit. Des crevasses s’ouvrent dans le sol, menaçant d’engloutir les enfants horrifiés.

Au milieu du désastre, Cédric dort à poings fermés. Son ronflement roule jusqu'à l'horizon comme un bruit de tonnerre.

– Debout, Cédric ! dit la maîtresse en le secouant.

Cédric se frotte les yeux et bâille.

– Pourquoi vous m'avez réveillé ? proteste-t-il. Je faisais un rêve génial !

– C'est très mauvais de dormir en plein soleil, on risque l'insolation, dit sévèrement la maîtresse. Je vais écrire un mot à tes parents pour qu'ils t'emmènent chez un O.R.L. À mon avis, tu as des problèmes respiratoires.

Mais Cédric proteste avec énergie :

– Non, je ne veux pas, j'ai peur du docteur !

– Pourquoi ? s'étonne Sophie. Il est gentil, le docteur, il ne fait pas mal du tout. Moi, quand il m'a retiré mes végétations, je n'ai rien senti !

Cédric serre les poings :

– Justement ! On déboise déjà la forêt amazonienne, alors pas question qu'on touche à ma gorge !

– Il a raison, dit Nicolas. L'écologie, c'est l'affaire de chacun !

– Et bousiller la cour, c'est écolo, peut-être ? bondit Pierre-Yves. Où on va jouer, nous, maintenant ?

– Dans un site protégé, répond Nicolas. Ouvre la bouche, Cédric !

Et il lui plonge dans le gosier, entraînant Pierre-Yves à sa suite.

9

LES DENTS DU W.C.

– Maîtresse, maîtresse, Cédric s'est enfermé dans les cabinets ! trépigne Noémie.

– Et il a écrit « propriété privée » sur la porte, gémit Aglaé en piétinant sur place.

– Propriété privée ? s'étonne la maîtresse. Privée de quoi ?

– De papier hygiénique, peut-être ? suggère Nicolas.

– Ah, je comprends, dit la maîtresse.

Et elle prend un rouleau dans l'armoire.

Mais lorsqu'elle arrive devant les toilettes, il y a un nouveau panneau sur la porte : « Attention, chasse d'eau méchante. »

En face du panneau, Pierre-Yves se tortille comme un ver.

– Pipi, maîtresse ! pleurniche-t-il.

– Tout va s'arranger, promet la maîtresse. Cédric, ouvre-moi, je t'apporte du pap…

Un bruit de cascade lui coupe la parole, suivi de la voix de Cédric qui murmure : « Tout doux, ma belle, tout doux ! »

– Cédric, tu m'entends ? insiste la maîtresse. As-tu oui ou non besoin de papier ?

– Je préférerais un os, répond Cédric. Ou, à la rigueur, un morceau de sucre.

– Un morceau de sucre pour s'essuyer les fesses ? s'effare Sophie.

– Mais non, idiote, pour apprivoiser la chasse d'eau !

La maîtresse prend un air sévère.

– Arrête tes sottises, Cédric, s'écrie-t-elle. Et sors tout de suite : tes camarades sont pressés !

Cédric obéit à contrecœur.

– Tant pis pour eux s'ils se font mordre le derrière, déclare-t-il, tandis que Pierre-Yves le bouscule pour prendre sa place.

L'intant d'après, un « aïe » sonore résonne dans la cabine fermée.

– Je vous avais prévenus, dit Cédric. Personne n'a regardé *Les Dents du W.C.*, hier soir, à la télé ?

10

CHAPEAU, CÉDRIC !

– Maîtresse, maîtresse, Cédric a une méduse sur la tête ! s'écrie Noémie.

– Et elle nous regarde d'un drôle d'œil, ajoute Aglaé.

La maîtresse a un frisson de dégoût.

– Où as-tu trouvé cette horreur, Cédric ?

– Chez le poissonnier. Et ce n'est pas une horreur, c'est mon nouveau chapeau.

– N'importe quoi ! dit la maîtresse. Enlève ça tout de suite !

Cédric s'agrippe aux tentacules du mollusque, qui pendent sur ses épaules comme une chevelure.

– J'ai pas le droit, ma mère a peur que je prenne froid aux oreilles.

– Il faut toujours que tu te fasses remarquer, s'énerve la maîtresse. Pourquoi ne mets-tu pas un bonnet de laine, comme tout le monde ?

– Je suis allergique à la laine.

– Alors, mets un bonnet en synthétique.

– En synthétique ? s'indigne Cédric. C'est très mauvais pour les cheveux. Vous avez envie que je devienne chauve ?

– Et ton écharpe, c'est quoi ? demande Sophie. Une anguille ?

Cédric hausse les épaules avec consternation.

– Tu ne sais pas que les anguilles, c'est mauvais pour la gorge ? Ma parole, tout le monde en veut à ma santé, dans cette école !

Et il se tourne vers le mur pour bouder.

11
BABY-SITTING

– Maîtresse, maîtresse, Cédric n'arrête pas de bâiller, se plaint Noémie.

– Et ça provoque des courants d'air terribles, ajoute Aglaé. Y a tout qui s'envole.

En effet, les tables et les chaises flottent à quelques centimètres du sol, le tableau oscille, l'armoire décolle, l'estrade lévite. Et Pierre-Yves, accroché au radiateur, claque au vent comme un drapeau.

La maîtresse pointe un doigt accusateur sur Cédric.

– Toi, tu manques de sommeil ! affirmet-elle. N'as-tu pas honte de regarder la télé aussi tard ?

Cédric a un sursaut d'indignation.

– J'ai pas regardé la télé, maîtresse, j'ai fait du baby-sitting.

– Moi aussi, je fais du baby-sitting, s'écrie Sophie. Quand mes parents vont au cinéma, ils me confient toujours mon petit frère. Mais ça ne m'empêche pas de dormir.

– Moi, c'est le bébé de mes voisins que je garde, renchérit Clarisse. Et j'adore ça, parce que leur frigo est plein de yaourts aux framboises et de crèmes au chocolat.

– Ils sont chouettes, tes voisins ! apprécie Nicolas.

– Moi aussi, mes voisins sont chouettes, dit Cédric. Voilà le problème.

– Pourquoi est-ce un problème ? s'étonne la maîtresse.

– Parce que leur bébé hulule toute la

nuit. Et il chasse les souris au lieu de dormir.

La maîtresse prend un air perplexe.

– C'est très bien de rendre service à tes voisins, Cédric, mais il ne faut pas que ça perturbe tes études.

Cédric réfléchit quelques instants.

– Bon, finit-il par admettre. Dorénavant, je ne garderai plus que le bébé de la dame d'en dessous.

– C'est encore un nocturne ? se méfie la maîtresse.

– Non, un ourson qui hiberne tout l'hiver.

– Ouaiiis ! applaudit Noémie. Comme ça, on sera tranquilles pendant au moins trois mois.

– Les courants d'air, c'est quand même moins pénible en été qu'en hiver, constate Pierre-Yves, toujours cramponné à son radiateur.

– La nature est bien faite ! dit sentencieusement la maîtresse.

12

BRAS DESSUS, BRAS DESSOUS

– Maîtresse, maîtresse, Cédric a des bras qui lui poussent de partout ! s'effare Noémie.

– Cinq de chaque côté ! précise Aglaé.

La maîtresse met les poings sur les hanches.

– Tu te prends pour Vishnou, Cédric ?

– Qui c'est, celui-là ? demande Cédric.

– Un dieu hindou qui possédait six bras.

Cédric hausse les épaules :

– Comment voulez-vous que je me prenne pour quelqu'un que je ne connais même pas ?

– Autant pour moi, ronchonne la maîtresse, frappée par la justesse de la remarque.

– D'ailleurs, je n'ai pas six bras, mais dix, ajoute judicieusement Cédric.

– Le nombre importe peu, dit la maîtresse. Ce que je veux savoir, c'est POURQUOI.

Cédric hausse ses dix épaules avec impertinence.

– Cette question… Parce que j'écoute ma mère, tiens !

– Je ne comprends pas, avoue la maîtresse.

– Elle prétend toujours que, dans un ménage, une femme devrait avoir plusieurs bras : un pour laver la vaisselle, un pour préparer les repas, un pour changer les bébés, un pour la lessive, un pour le repassage, un pour…

– Mais tu n'es pas mère au foyer ! coupe la maîtresse. Tu ne laves pas la vaisselle, tu ne prépares pas les repas, tu ne changes pas les bébés…

– Non, mais je suis écolier, c'est encore pire !

Il se met à compter sur ses multiples doigts :

– Je dois apprendre des règles de grammaire, retenir les tables de multiplication, résoudre des problèmes de robinets qui coulent, de baignoires qui se remplissent et de trains partant à la même heure mais dans des directions différentes, étudier des leçons d'histoire et de géographie, réciter les fables de La Fontaine…

– Tu n'as pas besoin de tes bras pour tout ça, signale la maîtresse. Ton cerveau te suffit.

Au même instant, Sophie se met à hurler :

– Retire ta neuvième main, espèce de mal élevé !

Cette fois, la maîtresse est vraiment en colère.

– La voilà, la raison de tous tes bras ! s'exclame-t-elle. Tu veux pouvoir embêter tes copains cinq fois plus !

– Déjà qu'avec seulement deux bras, il trouvait moyen de nous tirer les cheveux, grogne Noémie.

– De soulever nos jupes, ajoute Sophie, encore toute rouge d'indignation.

– De nous bousculer, de nous pincer, de piquer nos stylos, de nous donner des coups de poing, de nous faire des pieds-de-nez, énumèrent Nicolas, Clarisse, Pierre-Yves et Aglaé.

– Alors, avec dix… conclut la maîtresse dans un soupir.

Complètement découragée, elle se laisse tomber sur sa chaise.

– Je crois que je vais donner ma démission… murmure-t-elle avant de fondre en larmes.

– Oh non, maîtresse, ne partez pas ! supplie Noémie.

– Ne partez pas, maîtresse, ne partez pas ! reprend la classe en chœur.

Et tout le monde se met à pleurer.

Honteux et confus, Cédric s'approche de la maîtresse et lui entoure le cou de deux de ses bras. Avec le troisième, il lui tend un Kleenex. Avec le quatrième, il lui caresse les cheveux, tandis que son cinquième essuie le tableau. Pendant ce temps-là, ses quatre autres bras balaient la classe, distribuent les copies à ses camarades, ouvrent la fenêtre pour aérer et arrosent les géraniums.

Tant de bonne volonté réconforte la maîtresse.

– Puisque c'est comme ça, je veux bien rester ! décide-t-elle en s'essuyant les yeux.

Les élèves font des bonds de joie.

– Est-ce que je peux multiplier mes bouches pour vous embrasser, maîtresse ? demande Cédric avec un grand sourire.

13

LA SOUPE AUX MANGE-TOUT

– Maîtresse, maîtresse, Cédric est en train de grandir ! s'affole Noémie.

– Il a presque atteint le plafond ! précise Aglaé.

La maîtresse fait les gros yeux.

– Que fabriques-tu là-haut, Cédric ? s'écrie-t-elle. Veux-tu bien redescendre immédiatement !

– Je ne peux pas, maîtresse, je suis en pleine crise de croissance, répond Cédric.

Et bing ! le haut de son crâne cogne le plafond.

– Qu'as-tu encore été inventer là ? s'emporte la maîtresse.

– Je n'ai rien inventé du tout, proteste Cédric, c'est à cause de la soupe aux mange-tout de la cantine.

– La soupe aux mange-tout fait grandir, mais pas à ce point-là ! se récrie la maîtresse.

Pierre-Yves la tire par la manche.

– Comme personne n'aimait ça, il a avalé la soupière tout entière, chuchote-t-il.

– Là, je comprends mieux, dit la maîtresse.

Au même instant, une pluie de plâtras s'abat sur la classe. La tête de Cédric vient de crever le plafond.

– Qu'est-ce que je fais, maintenant, maîtresse ? demande sa voix, provenant de l'étage supérieur.

– Tu n'as qu'à suivre les cours de la classe au-dessus, répond la maîtresse.

– Mais c'est trop dur, je n'y comprends rien !

– Tant pis pour toi, ça t'apprendra à être aussi glouton !

14
UN VILAIN VELU !

– Maîtresse, maîtresse, Cédric a les cheveux qui poussent ! couine Noémie.

– Ils envahissent toute la classe ! ajoute Aglaé.

Le cuir chevelu de Cédric produit, en effet, des kilomètres et des kilomètres de longues mèches soyeuses, d'un joli châtain clair. Et ces mèches couvrent le sol sur plus de vingt centimètres d'épaisseur.

– Quelle est cette nouvelle lubie, Cédric ? s'exclame la maîtresse. Veux-tu bien cesser tout de suite !

– Je n'y peux rien, maîtresse, c'est un effet secondaire des pilules.

– Quelles pilules ?

– Celles que ma grand-mère prend pour ses cors aux pieds.

– Tu as des cors aux pieds, à ton âge ?

– Non, mais j'ai cru que c'étaient des bonbons et j'ai terminé la boîte.

La maîtresse fronce les sourcils.

– C'est très imprudent d'absorber n'importe quoi ! s'écrie-t-elle. Tu aurais pu avoir mal au ventre !

Puis elle se tourne vers Sophie :

– Va chercher des ciseaux dans le tiroir de mon bureau.

Sophie s'empresse d'obéir, et bientôt la maîtresse s'attaque à la tignasse en folie. Mais plus elle coupe, plus les cheveux de Cédric repoussent longs et drus.

– C'est confortable, remarque Nicolas,

en se roulant dans le matelas moelleux.

– Confortable mais encombrant, dit la maîtresse. Qu'allons-nous faire de tous ces cheveux ? Il y a de quoi remplir au moins trois bennes à ordure !

– J'ai une idée ! s'écrie Pierre-Yves. Si on les utilisait pour bourrer des coussins ? En les vendant, ça nous rapporterait des sous pour la coopérative !

– Excellente initiative ! apprécie la maîtresse.

Aussitôt, toute la classe se met au travail.

Trois jours plus tard, la caisse de la coopérative est pleine à craquer et les commandes continuent d'affluer. Mais comme le médicament a fini son effet, les réserves de cheveux sont bientôt épuisées.

– Ta grand-mère a-t-elle encore des pilules contre les cors aux pieds, Cédric ? demande la maîtresse.

– Non, répond Cédric, mais il lui reste des pastilles pour la toux.

– Font-elles également pousser les cheveux ?

– Non, elles allongent les dents.

– Tant pis, dit la maîtresse, empruntez-les-lui quand même. Si on n'a plus de quoi fabriquer des coussins, on pourra toujours te louer comme râteau.

15

SACRÉS LOCATAIRES !

– Maîtresse, maîtresse, Cédric a l'estomac qui gargouille ! se plaint Noémie.

– Et ça fait tellement de bruit qu'on ne peut plus suivre le cours ! ajoute Aglaé.

– On entend des meuglements, des barissements, des brames et des glapissements ! précise Pierre-Yves qui s'y connaît en cris d'animaux.

La maîtresse fixe le coupable droit dans les yeux.

– Qu'as-tu encore mangé, Cédric ? demande-t-elle sévèrement.

– Rien du tout, maîtresse !

– Alors d'où proviennent ces borborygmes ?

Cédric baisse la tête et fixe ses baskets.

– C'est parce que le zoo vient de fermer, et les animaux étaient à la rue…

La maîtresse lève les bras au ciel.

– Tu es incorrigible, ma parole ! Tu as hébergé tout le zoo dans ton ventre, c'est ça ?

– Oui… sauf la girafe parce qu'elle puait des pieds.

– Et qu'en as-tu fait ?

– Je l'ai refilée à Nicolas.

La maîtresse se tourne vers Nicolas, qui devient tout rouge.

– Même pas vrai ! proteste-t-il.

– Ne mens pas, Nicolas, dit la maîtresse. Je vois sa tête qui dépasse par le col de ton pull-over.

– Voilà pourquoi ça sentait tout drôle dans la classe ! remarque Sophie en se bouchant les narines.

16

DES MICROBES DE TOUTES LES COULEURS

– Maîtresse, maîtresse, Cédric est devenu lumineux ! rugit Noémie.

– Même qu'il n'arrête pas de s'allumer et de s'éteindre ! ajoute Aglaé.

– Qu'as-tu, Cédric ? s'inquiète la maîtresse. Tu es malade ?

– Rien de grave, répond Cédric. J'ai juste attrapé une petite rougeole.

Son nez, ses oreilles, ses joues et ses doigts de pied sont, en effet, couverts de minuscules ampoules rouges. Et ces ampoules clignotent.

– Tu appelles ça une « petite » rougeole ? s'indigne la maîtresse. Ce n'est pas contagieux, au moins ?

– Euh… je crois que si, maîtresse, dit Pierre-Yves.

Et lui aussi se met à clignoter. Un instant plus tard, Clarisse en fait autant.

– Tonnerre, une épidémie ! s'affole la maîtresse. C'est bien ma chance : juste le jour où l'inspecteur doit venir !

Cette visite la met dans tous ses états. Elle ne tient pas en place, monte sur l'estrade, en descend, ouvre la porte, la referme, parcourt la classe de long en large. Si elle décidait soudain de grimper le long des murs et de courir au plafond comme une mouche, nous n'en serions pas étonnés.

Entre-temps, Sophie a, à son tour, attrapé la rougeole. Enfin… la roséole, car ses ampoules sont roses.

– C'est drôlement joli ! admire Aglaé.

Et pouf ! elle s'éclaire en jaune.

– Wah, la frimeuse ! Faut toujours qu'elle fasse autrement que les autres, celle-là ! râle Noémie.

– T'es jalouse ? rigole Nicolas.

Et pouf ! il s'éclaire en vert.

– Puisque c'est comme ça, j'attrape la bleuisse, na ! décide Noémie.

Et pouf ! elle s'éclaire en bleu.

Bientôt, la classe entière clignote à qui mieux mieux. C'est à ce moment-là qu'on frappe à la porte.

– L'inspecteur ! s'étrangle la maîtresse.

Elle crie : « Entrez ! », et un gros monsieur en costume trois-pièces fait son apparition.

– Oh, vous avez allumé des lampions en mon honneur ! s'écrie-t-il. Quelle délicate attention !

– Tout le mérite en revient à Cédric ! explique la maîtresse. C'est un enfant très doué.

– Félicitations, mon garçon, dit l'inspecteur. Quel métier veux-tu exercer plus tard ?

– Sapin de Noël ! répond Cédric entre deux clignotements.

17

ET DRACULA RECULA…

– Maîtresse, maîtresse, Cédric a des dents de vampire ! cafte Noémie.

– Et il essaie de mordre Sophie ! ajoute Aglaé.

– En voilà des manières ! intervient la maîtresse. Cédric, veux-tu bien arrêter immédiatement !

Mais Cédric fait celui qui n'a pas entendu. Déployant ses ailes de chauve-souris, il fonce sur Sophie qui s'évanouit.

– Ça, c'est trop fort ! s'écrie la maîtresse.

Elle a vraiment l'air furieuse. Du coup, plus personne n'ose bouger.

Elle se rue sur Cédric qui s'apprête à planter ses dents dans le cou de Sophie, et lui hurle au visage :

– Vas-tu obéir, garnement ! Je t'ai dit de laisser ta camarade tranquille !

– Oui, maîtresse… répond Cédric en devenant tout pâle.

Puis il tombe à son tour dans les pommes.

– C'est utile, parfois, d'avoir mauvaise haleine ! constate la maîtresse avec satisfaction. Si je n'avais pas mangé des nouilles à l'ail, ce midi, nous compterions une élève de moins dans la classe !

Et elle aide Sophie à se relever.

18
LA BEAUTÉ DU MAL

– Maîtresse, maîtresse, Cédric est affreusement laid ! frissonne Noémie.

– Ça l'a pris d'un seul coup, quand Sophie lui a souri ! ajoute Aglaé.

– À quoi joues-tu encore, Cédric ? s'indigne la maîtresse. Ça t'amuse de dégoûter tes petites camarades ?

– C'est pas ma faute, maîtresse ! proteste Cédric. C'est parce que je suis heureux.

La maîtresse ouvre des yeux ronds.

– Que veux-tu dire ?

– Chaque fois que je suis heureux, je deviens horrible, je n'y peux rien.

– Et lorsque tu es malheureux ? demande la maîtresse.

– Là, je deviens beau ! répond Cédric.

Et, d'un seul coup, il se transforme en une sorte de top model masculin. Toute la classe applaudit, surtout les filles.

– Que s'est-il passé ? s'effare la maîtresse.

– Le dégoût de mes camarades m'a attristé, explique Cédric.

Et, aussi sec, il redevient moche. Toute la classe pousse des cris d'épouvante, surtout les filles.

– Que t'arrive-t-il encore ? s'énerve la maîtresse.

– L'admiration de mes camarades m'a fait plaisir ! explique Cédric.

– Tu ne veux pas te tourner de l'autre côté ? demande Sophie d'une voix tremblante. Quand je te regarde, j'ai envie de vomir.

Aussitôt, Cédric embellit à vue d'œil.

– Tout compte fait, reste tourné par ici ! roucoule Sophie.

À peine a-t-elle fini de parler que le visage de Cédric se déforme à nouveau.

– Ça suffit, Cédric, tu me donnes la migraine ! hurle la maîtresse. Sois laid ou beau, à ta convenance, mais arrête de changer tout le temps !

– Beuargllll ! approuve Sophie en courant aux toilettes.

– Vous n'avez qu'à m'aimer ou me détester une bonne fois pour toutes, sans changer d'avis toutes les cinq minutes ! se défend Cédric.

La classe se concerte.

– On a décidé de t'aimer, dit Pierre-Yves, élu porte-parole. On préfère supporter ta sale tête, mais que tu sois bien dans ta peau…

– C'est très généreux de votre part, approuve la maîtresse. Je n'en attendais pas moins de vous !

Sophie, qui revient des toilettes, se rapproche en douce de Cédric.

– J'aurai le droit de te rendre malheureux de temps en temps, quand on sera seuls ? lui souffle-t-elle tout bas à l'oreille.

19

QUAND GROUILLENT LES CÉDRICS…

– Maîtresse, maîtresse, il y a deux Cédric dans la classe ! bêle Noémie.

– Et un troisième est en train de se former ! ajoute Aglaé.

– Comme si un seul ne nous suffisait pas ! gémit la maîtresse en se levant de son bureau.

Le temps qu'elle descende de l'estrade, les cédrics ont proliféré. Il y en a quatre, à présent, assis en rang d'oignons.

– Tu comptes m'en fabriquer combien, comme ça ? demande sévèrement la maîtresse.

– Mille, répondent les quatre cédrics d'une seule voix.

Et pop ! un cinquième s'ajoute à la collection.

– Pourquoi pas neuf cent quatre-vingt-dix-neuf ? dit la maîtresse.

– Dans la famille, on aime les chiffres ronds, répondent les cédrics.

– Alors, arrête-toi à dix, ordonne la maîtresse sur un ton sans réplique. Tes parents sont-ils au courant que tu es une famille nombreuse ?

Les cédrics hochent la tête.

– As-tu pensé à apporter des sous pour la cantine ? insiste-t-elle.

– Non, font les onze têtes des onze cédrics.

– Alors, tant pis pour toi, vous mangerez tous dans la même assiette.

– Heureusement qu'il y a des frites à midi, remarque Sophie. Comme ça, chacun en aura au moins une.

– Qu'auriez-vous fait si le cuisinier avait préparé des rutabagas ? demande Pierre-Yves aux cédrics. Chaque élève n'a droit qu'à deux rutabagas.

– On se serait partagé le cuisinier, répondent gravement les cédrics.

20
CÉDRIC SE MET EN BOULE

– Maîtresse, maîtresse, Cédric est couvert de piquants ! braille Noémie.

– Et il s'est roulé en boule, ajoute Aglaé.

La maîtresse hoche la tête avec accablement.

– Tu te prends pour un hérisson, Cédric ? soupire-t-elle.

Cédric se déroule juste assez pour qu'on entrevoie son œil gauche. Et cet œil lance des éclairs.

– C'est à cause de Nicolas, maîtresse. Il m'a pris mon crayon.

– Normal, se défend Nicolas. Tu en as deux, et moi j'ai oublié le mien à la maison.

– C'est très vilain d'être égoïste, Cédric ! dit la maîtresse. Il faut prêter ses affaires à ceux qui en ont besoin.

– Il me casse toujours ma mine, proteste Cédric.

Nicolas lui tire la langue.

– Si c'était Sophie qui te l'avait demandé, tu aurais accepté ! jette-t-il hargneusement.

– Bien sûr ! admet Cédric, tandis que Pierre-Yves chantonne : « Hou l'amoureu-e ! Hou l'amoureu-e ! »

– Et si Sophie t'avait cassé ta mine, qu'est-ce que tu aurais fait ? demande la maîtresse.

– Je me serais changé en taille-crayon, avoue Cédric en rougissant.

21

ON NE SOUFFLE PAS !

– Maîtresse, maîtresse, Cédric a disparu ! annonce Noémie.

– Il s'est évaporé comme ça, pfuit ! ajoute Aglaé.

– Quel toupet ! s'indigne la maîtresse. Cédric, veux-tu bien revenir immédiatement ! Il n'est pas encore quatre heures, et personne n'a le droit de s'en aller avant la sonnerie !

– Mais je suis là, maîtresse ! proteste Cédric. Je suis juste devenu invisible.

La maîtresse n'est pas contente, mais

alors là, pas contente du tout.

– On ne peut pas te quitter cinq minutes des yeux sans que tu fasses une bêtise ! s'écrie-t-elle, ne sachant de quel côté regarder. Où es-tu passé, chenapan ?

Au même instant, Pierre-Yves pousse un beuglement.

– Maîtresse, il m'a pincé !

La maîtresse se précipite vers lui, mais un cri éclate à l'autre bout de la classe.

– Maîtresse, il m'a mordu !

Le temps que la maîtresse rejoigne la victime, et un troisième hurlement s'élève.

– Maîtresse, il me chatouille !

Puis un quatrième :

– Il m'a fait un croche-patte !

– Mais c'est infernal, à la fin ! vitupère la maîtresse. Veux-tu bien te tenir tranquille, Cédric ! Tu me donnes le tournis, à changer sans arrêt de place !

La voix de Cédric s'élève, de tous les côtés à la fois.

– Je suis ici, maîtresse !

La maîtresse, hors d'elle, envoie une gifle en l'air, au hasard.

– Raté ! pouffe Cédric.

– Tu ne perds rien pour attendre, petit insolent ! hurle la maîtresse. Tu seras collé mercredi !

– Collé contre quoi ? s'informe Cédric.

– Contre le tableau noir, avec un bonnet d'âne ! dit la maîtresse.

– Je préférerais contre Sophie ! avoue Cédric.

Et il lui fait la bise.

22
UNE LIMACE NOMMÉE VÉRONIQUE

– Maîtresse, maîtresse, Cédric laisse des traces gluantes partout où il passe, déclare Noémie.

– Et il a une coquille qui lui pousse sur le dos, ajoute Aglaé.

La maîtresse fonce sur le coupable, allongé au milieu de l'allée dans une mare de mucus.

– Qu'est-ce que c'est que ces manières, Cédric ? l'apostrophe-t-elle.

Cédric se recroqueville sous sa jolie coquille jaune pâle.

– J'y peux rien, maîtresse, c'est parce que je suis tombé amoureux.

Toute surprise, la maîtresse se gratte la tête.

– La petite fille que tu aimes apprécie-t-elle particulièrement les escargots ? demande-t-elle.

– Il ne s'agit pas d'une petite fille, mais d'une limace, rétorque Cédric. Et elle s'appelle Véronique.

Une sorte de sirène d'alarme s'élève dans la classe. C'est Sophie qui pleure à chaudes larmes.

– Qu'est-ce qu'il y a encore ? tempête la maîtresse.

– Avant, c'était de moi qu'il était amoureux, hoquette Sophie.

– Pourquoi est-ce que ça te rend triste ? s'étonne Cédric. Tu m'envoyais toujours promener.

– Je ne suis pas triste, je suis vexée que tu me préfères une limace.

Pierre-Yves éclate de rire :

– Ça aurait pu être pire, il aurait pu tomber amoureux d'un phacochère !

– Ou d'une cravate à pois, pouffe Nicolas.

– N'importe quoi ! ronchonnne Cédric. Tu m'imagines changé en pantalon rayé ?

Sophie lui lance un regard en coin.

– Tu ne pourrais pas plutôt te changer en robe à fleurs ? suggère-t-elle timidement. La mienne est trop petite, et maman ne veut pas m'en racheter.

– Désolé, mais Véronique ne porte que des blue-jeans, répond dignement Cédric.

23

UN CHAT DANS LA GORGE

– Maîtresse, maîtresse, Cédric a un chat dans la gorge ! crie Noémie.

– On l'entend miauler jusqu'ici ! ajoute Aglaé.

La maîtresse bondit sur Cédric et lui tape dans le dos.

– Crache ça tout de suite, tu vas t'étrangler !

– Pas question ! dit Cédric entre deux quintes de toux. C'est Pompon, le chat de ma grand-mère. Elle m'a demandé de le garder pendant ses vacances.

– Il y a d'autres endroits que ta gorge pour garder un chat, signale la maîtresse.

Cédric la fixe droit dans les yeux.

– Ah ouais ? J'aimerais bien savoir lesquels !

– Je ne sais pas, moi… La cour de récréation, par exemple.

– Je vous rappelle que les animaux sont interdits dans les établissements scolaires, dit Cédric.

La maîtresse est bien embarrassée.

– On peut peut-être faire une exception… suggère-t-elle.

– D'accord ! admet Cédric, et il crache le chat.

Aussitôt, toute la classe se précipite pour le caresser.

– Alors, ce n'est pas mieux comme ça ? sourit la maîtresse.

– Oh oui, maîtresse ! s'écrie Cédric.

D'autant qu'il commençait à guetter le canari de ma tante Anna, qui se trouve dans mon oreille gauche, et la souris blanche de ma cousine Germaine, qui loge dans ma narine droite.

24

UNE TÊTE À L'ENVERS

– Maîtresse, maîtresse, Cédric marche sur les mains ! glapit Noémie.

– Et il nous mord les mollets en passant ! ajoute Aglaé.

– Mais c'est très mal élevé ! s'exclame la maîtresse. Veux-tu bien te remettre tout de suite à l'endroit, Cédric !

– Impossible, maîtresse ! répond Cédric.

– Et pourquoi donc ?

– Parce que ma mère s'est trompée, elle m'a acheté des gants à la place de baskets.

La maîtresse a un sourire indulgent.

– Ça ne fait rien, dit-elle. Pour une fois, je t'autorise à marcher sur tes chaussettes.

Cédric essaie de hausser les épaules, mais comme il n'y arrive pas, il se contente de plier les genoux.

– Je n'en ai pas, maîtresse. Ma grand-mère m'a tricoté un cache-nez à la place.

– Alors, il ne te reste plus qu'à courir sur ton nez ! rigole Pierre-Yves.

– J'ai essayé, mais au lieu d'avancer, je tourne comme une toupie.

– Tu ne pourrais pas tourner comme un manège, plutôt ? suggère Sophie. J'adore les chevaux de bois !

25
UN AMOUR DE CRABE !

– Maîtresse, maîtresse, Cédric fabrique des monstres avec sa tête ! geint Noémie.

– Même qu'ils lui sortent par les oreilles ! précise Aglaé.

– Saperlipopette ! s'écrie la maîtresse en fonçant vers la cour où se trouve le coupable.

En chemin, elle rencontre un ver de terre géant qui roule en patin à roulettes.

– Qui êtes-vous, vous ? lui demande-t-elle.

– Je suis un être imaginaire, répond le ver. C'est Cédric qui vient de me créer.

– Cet enfant est de plus en plus insupportable ! s'emporte la maîtresse.

De loin, elle aperçoit une demi-douzaine de pieuvres en train de jouer à saute-mouton, une autruche à face humaine qui chante *Singing in the rain* et deux Chamallows de vingt mètres de haut, faisant un concours de claquettes.

Soudain, des appels au secours éclatent et Clarisse passe en hurlant, poursuivie par un crabe gigantesque.

– Ça, c'est un comble ! fulmine la maîtresse. Cédric, rappelle immédiatement cet animal ! Tu ne vois pas qu'il pince les fesses de ta petite camarade ?

– Ne vous inquiétez pas, maîtresse, répond Cédric. Ce n'est que de l'imagination.

– Si ces enfantillages ne cessent pas tout de suite, tu seras collé mercredi !

À ces mots, un requin-marteau-piqueur surgit de l'oreille gauche de Cédric.

– De quoi ? vrombit-il d'un air menaçant.

– Vous, on ne vous a pas sonné ! crie la maîtresse en lui flanquant une gifle.

Toute la classe pousse un « Ooooooh » d'effroi. C'est la première fois que nous voyons la maîtresse frapper quelqu'un.

– Les institutrices n'ont pas le droit de se livrer à des actes de violence sur leurs élèves, proteste Cédric. C'est écrit dans le règlement de l'école.

– Ce requin n'est pas mon élève, rétorque la maîtresse. Dans le règlement, il est marqué aussi que les institutrices doivent faire régner la discipline. Remballe-moi illico ces monstres perturbateurs, petit garnement, ou ça va barder !

À contrecœur, Cédric obéit. Toute la classe pousse un « Aaaaah ! » de soulagement, sauf Clarisse qui fond en larmes.

– Qu'y a-t-il encore ? soupire la maîtresse.

– Je veux Youki, sanglote Clarisse.

– Qui est Youki ? demande la maîtresse.

– Mon crabe.

– Je croyais que tu avais peur de lui, s'étonne la maîtresse.

– Oui mais plus maintenant, parce que je l'ai apprivoisé.

– Vous voyez bien, maîtresse, que l'imagination a du bon ! dit Cédric.

Et, sans demander la permission, il éjecte de son oreille droite un gros rat avec des gants de boxe.

En le voyant, la maîtresse manque de tomber à la renverse.

– Maurice ! s'écrie-t-elle. Toi ici ?

– Ma chérie, répond le rat. Enfin, je te retrouve…

Ils tombent dans les bras l'un de l'autre.

– Mes enfants, je vous présente mon fiancé, dit la maîtresse, rayonnante. Il avait disparu depuis de nombreuses années. Je le croyais mort…

– Un laboratoire m'avait enlevé, mais j'ai réussi à me sauver, explique le rat.

– C'est le plus beau jour de ma vie ! assure la maîtresse.

– Vous allez vous marier, maîtresse ? demande Sophie.

– Oui, demain. Et vous êtes tous invités à la noce !

La classe applaudit à tout rompre.

– Quand j'étais petite, j'étais amoureuse d'un tank en plastique, glisse Sophie à Cédric. Tu ne pourrais pas le faire réapparaître, lui aussi ?

– Désolé, dit Cédric, je suis antimilitariste.

26
ATTENTION, BÉBÉ MÉCHANT !

– Maîtresse, maîtresse, Cédric a amené sa petite sœur en classe ! piaffe Noémie.

– Et elle n'arrête pas d'aboyer ! ajoute Aglaé.

– Qu'est-ce que c'est encore que cette histoire ? soupire la maîtresse.

Elle s'approche de Cédric, autour duquel s'est formé un attroupement.

– Que se passe-t-il, Cédric ? Pourquoi ta petite sœur aboie-t-elle ?

– Parce que c'est un bébé de garde.

La maîtresse fronce les sourcils.

– Tu aurais dû la laisser chez toi, elle va perturber les cours !

– Je ne pouvais pas, ma mère me l'a confiée pendant qu'elle allait à la maternité.

– À la maternité ? sursaute la maîtresse. Elle va avoir un autre enfant ?

Cédric hoche la tête sans rien dire.

– Mais ces deux naissances sont beaucoup trop rapprochées ! insiste la maîtresse.

– Je le sais bien, dit Cédric, mais on n'avait pas le choix. Y a des problèmes de plomberie, à la maison.

– Et alors ?

– On avait besoin d'urgence d'un petit frère débouche-lavabo.

27

HIC !

– Maîtresse, maîtresse, Cédric a le hoquet ! s'écrie Noémie.

– Et chaque fois qu'il hoquette, il change de couleur ! ajoute Aglaé.

– Il faut lui donner à boire, suggère la maîtresse.

– Non, intervient Pierre-Yves, il vaut mieux lui tenir les bras en l'air.

– Tu n'y connais rien, s'empresse Sophie. La seule chose à faire, c'est de lui pincer le nez.

– Pas du tout, proteste Nicolas, on doit

lui souffler dans les oreilles.

– Eh, oh, vous pourriez quand même me demander mon avis ! hurle Cédric, couvrant le brouhaha.

Du coup, tout le monde se tait.

– Je n'ai pas le hoquet, déclare-t-il dans le silence revenu. Je prépare un numéro de music-hall. « L'enfant-caméléon », ça s'appelle. Regardez.

Il s'approche de Pierre-Yves qui porte un sweat-shirt rouge.

« Hic ! » hoquette-t-il en devenant tout rouge.

Puis il va vers Aglaé, toute vêtue de bleu, et, « hic ! », prend la même couleur. L'instant d'après, il est, « hic ! », aussi jaune que la robe canari de Clarisse.

La maîtresse n'en revient pas.

– Extraordinaire ! admire-t-elle.

– Et ce n'est pas tout ! reprend Cédric, tout fier.

Il déroule sa longue langue et, d'un coup, happe Sophie. Celle-ci se met à hurler.

– Laisse ta petite camarade tranquille ! dit sévèrement la maîtresse. Sinon, je t'envoie chez la directrice.

– Oh non, maîtresse, pas la directrice ! proteste Cédric. Elle porte une robe écossaise, et toutes ces couleurs mélangées, ça m'embrouille complètement !

28

PETIT, PETIT, PETIT…

– Maîtresse, maîtresse, Cédric a rétréci ! articule Noémie.

– On dirait Ken, le mari de Barbie ! précise Aglaé.

La maîtresse cherche Cédric des yeux et l'aperçoit, debout sur sa table. Il doit mesurer vingt centimètres à peine.

– Qu'est-ce qui t'arrive encore ? soupire-t-elle. Il y a quelques jours, tu étais trop grand, aujourd'hui, tu es minuscule. C'est insupportable, à la fin ! Tu ne peux pas choisir ta dimension une bonne fois pour toutes ?

– C'est pas ma faute, maîtresse, la machine à laver de ma mère est détraquée.

La maîtresse ouvre de grands yeux.

– Ta mère te lave dans sa machine à laver ?

– Non, évidemment ! Mais comme tous nos habits ont rétréci, maman nous a obligés à en faire autant. Elle n'a pas les moyens de nous racheter une garde-robe.

– Moi, quand mes vêtements ne sont plus à ma taille, je les donne à ma petite sœur, remarque Sophie.

– Oui, mais ma petite sœur porte déjà ceux de ma grand-mère, explique Cédric.

– Et ta grand-mère, qu'est-ce qu'elle porte ? demande Nicolas.

– Le collier du chien.

29

LA VALSE DES BAUDRUCHES

– Maîtresse, maîtresse, y a Cédric qui gonfle ! annonce Noémie.

– Si ça continue, il va éclater ! assure Aglaé.

La maîtresse devient toute pâle.

– Pauvre petit, c'est sûrement une crise d'aérophagie ! Sophie, va vite me chercher du bicarbonate à l'infirmerie !

Cédric, qui volette dans la classe comme un ballon de baudruche, l'arrête d'un geste.

– Vous n'auriez pas plutôt une rustine, maîtresse ?

– Une rustine ? s'étonne la maîtresse. Pour quoi faire ?

– J'ai peur d'avoir une fuite au nombril.

Trop tard ! Dans un grand bruit d'air évacué, Cédric part dans tous les sens. Projeté du sol au plafond, il heurte les murs, remonte, redescend à la vitesse d'une fusée, pour finalement atterrir sur le sol, complètement dégonflé.

– J'ai changé d'avis, dit la maîtresse. Apporte-moi une pompe à vélo, Sophie.

30

C'EST LE PRINTEMPS !

– Maîtresse, maîtresse, Cédric est couvert de boutons ! hurle Noémie.

– On ne voit même plus sa peau entre les cloques ! ajoute Aglaé.

La maîtresse examine attentivement Cédric, et cette vision lui donne la nausée.

– Ça doit être de l'acné juvénile, suppose-t-elle, en cherchant un mouchoir dans son sac.

– Mais non, proteste Cédric, c'est le printemps, alors je bourgeonne.

– Comme les pommiers et les poiriers ? demande Sophie.

Cédric hoche sa tête couverte d'excroissances.

– Oui, sauf que moi, je ne donne ni pommes ni poires, je donne des balles de ping-pong.

– Génial ! applaudit Nicolas. Et quand seront-elles mûres ?

– Bientôt, vous pouvez déjà préparer les raquettes.

– Cesse donc de raconter des sottises, Cédric ! intervient la maîtresse, le mouchoir sur la bouche. Les petits garçons ne produisent pas de fruits, et encore moins des balles de ping-pong. Tu as simplement besoin d'un bon régime alimentaire…

Mais un drôle de bruit l'interrompt. Ce sont les boutons de Cédric qui font « plic plic ».

– Regardez, maîtresse, ses bourgeons éclatent ! s'écrie Noémie.

– Ils se couvrent de fleurs ! ajoute Aglaé.

– Comme c'est joli ! s'extasie Sophie.

À présent, Cédric ressemble à un gros buisson d'aubépine.

– Veux-tu bien cesser ces simagrées, Cédric, s'énerve la maîtresse. Tu attires les guêpes !

– Il attire aussi les papillons, remarque Pierre-Yves.

– Si on les attrapait ? propose Nicolas.

Aussitôt, toute la classe part à la chasse aux papillons.

– Bravo, Cédric ! fulmine la maîtresse. Tu as fait du beau travail ! Quand est-ce que je donne ma leçon de calcul, moi, maintenant ?

– En hiver, répond Cédric.

– Tu te moques de moi, galopin ?

– Pas du tout, répond Cédric d'un air outré. Je ne suis pas responsable du cycle des saisons !

31
EXCÈS DE VITESSE

– Maîtresse, maîtresse, Cédric a des roues à la place des jambes ! s'égosille Noémie.

– Et il fait de l'excès de vitesse, ajoute Aglaé.

Au même moment, Cédric traverse la classe à cent à l'heure.

La maîtresse tape du pied par terre.

– Veux-tu bien t'arrêter tout de suite, garnement ! crie-t-elle. Tu vas finir par renverser quelqu'un.

– J'y peux rien, maîtresse, mon frein

est cassé ! pleurniche Cédric.

Et vroum ! il disparaît à l'horizon.

– Il faut appeler Police-secours avant qu'il ne provoque un accident ! s'affole la maîtresse. Je suis sûre qu'il ne connaît même pas son code de la route !

Vroum ! fait Cédric, en repassant dans l'autre sens. Nicolas n'a que le temps de se jeter sous sa table pour ne pas être écrasé.

– Chauffard ! hurle-t-il, furieux.

Sophie, qui a peur de la circulation, se met à pleurer.

– Je veux rentrer à la maison, maîtresse, gémit-elle.

– Tu n'as qu'à faire du stop, comme moi, dit Pierre-Yves.

Et il se met au bord de l'estrade, le pouce en l'air.

En passant à côté de lui, Cédric tourne

la tête et boum ! rentre dans le tableau. L'instant d'après, il gît par terre, à moitié étourdi.

– Profitons-en pour dégonfler ses pneus, dit la maîtresse en sortant un cric de sa trousse à maquillage.

32

RÉGIME 0 % M.G.

– Maîtresse, maîtresse, Cédric est tout plat ! s'époumone Noémie.

– Aussi plat qu'une feuille de papier, précise Aglaé.

La maîtresse a un petit sourire.

– Je suis sûre que tu exagères !

– Venez voir par vous-même si vous ne me croyez pas, siffle Aglaé, vexée.

Quand elles arrivent dans la classe, Cédric est en train de se glisser dans un classeur.

– Qu'est-ce que tu fais ? s'étonne la maîtresse.

– Je me range, répond Cédric. Sinon, je risque d'être complètement froissé.

– C'est vrai que tu n'es pas bien épais, reconnaît la maîtresse. Depuis combien de temps n'as-tu rien mangé ?

– Quelques centaines d'années, à peine.

– C'est beaucoup trop pour un enfant en pleine croissance. Va de ma part à la cantine, et demande qu'on te donne une grande assiette de soupe au beurre. La soupe au beurre, c'est bon pour ce que tu as, ça fait grossir.

– Et où je me rangerai, alors ? Dans un tonneau ? répond Cédric avec indignation.

33
DISTRACTION

– Maîtresse, maîtresse, Cédric s'est changé en squelette ! halète Noémie.

– Et ses os cliquettent, ajoute Aglaé. C'est particulièrement affreux !

La maîtresse pousse un cri étouffé.

– Que… que t'est-il arrivé, m… mon grand ? bredouille-t-elle.

– Mon réveil n'a pas sonné, ce matin, avoue Cédric, confus. Et j'ai eu si peur d'arriver en retard que j'ai oublié de m'habiller.

– Tu as aussi oublié autre chose, remarque Pierre-Yves.

– Ah ? Quoi ?

– Ta peau.

Cédric se regarde et sursaute.

– Mais… tu as raison ! Qu'est-ce que je suis distrait, moi, alors !

– Tu ne peux pas rester dans cette tenue, ce n'est pas convenable ! dit la maîtresse.

Elle se tourne vers la classe.

– Personne n'a un vêtement à lui prêter ?

– Moi, j'ai ma panoplie de clown dans mon cartable, dit Nicolas.

– De quoi se compose-t-elle ?

– D'un nez rouge, d'une perruque verte, d'une grande salopette rapiécée et d'un chapeau pointu.

– Parfait, dit la maîtresse. Enfile vite ça, Cédric. Ce n'est peut-être pas l'idéal, comme vêtements à mettre en classe, mais nous n'avons pas le choix.

Docilement, Cédric obéit. Toute la classe s'esclaffe, d'autant qu'il en profite pour faire le pitre.

– C'est bien la première fois qu'un squelette m'amuse, reconnaît la maîtresse.

34

OÙ EST LA NOTICE ?

– Maîtresse, maîtresse, Cédric est tout embrouillé ! s'essouffle Noémie.

– Il a une oreille à la place du nez et un œil au milieu du ventre ! ajoute Aglaé.

La maîtresse lève les bras au ciel.

– Qu'a encore été inventer ce chenapan ? soupire-t-elle.

Elle s'approche de Cédric pour l'examiner de près.

– Houlà, c'est encore pire que ce que je redoutais !

En effet, outre son oreille et son œil mal

placés, Cédric a un pied sur la tête, un autre entre les fesses, et ses deux mains s'agitent dans son dos comme des petites ailes.

– Tu vas me remettre tout ça en ordre, vite fait bien fait ! ordonne la maîtresse.

– Impossible, maîtresse, pleurniche Cédric. J'ai perdu le mode d'emploi.

– Tu n'as pas honte d'être aussi distrait ? le rabroue la maîtresse. Un jour, tu perdras ta tête !

– C'est déjà fait, maîtresse ! répond Cédric.

Et sa tête roule par terre.

– Wah, un ballon de foot ! s'écrie Pierre-Yves en shootant dedans.

La colère de la maîtresse se retourne contre lui.

– Pierre-Yves, tu me copieras cent fois : « Je ne dois pas donner de coups de pied dans la tête de mes camarades » ! lui lance-t-elle sévèrement.

35

DES PARENTS INDIGNES

– Maîtresse, maîtresse, Cédric fait un bruit de vieille boîte de conserve, braille Noémie.

– Surtout quand il joue à saute-mouton, ajoute Aglaé.

La maîtresse se lève précipitamment.

– Allons voir ça de plus près, dit-elle en se dirigeant vers la cour.

L'attitude de Cédric est bizarre, en effet. Il marche avec les jambes toutes raides, en produisant d'horribles grincements à chaque pas.

– Quelque chose ne va pas, mon grand ? s'inquiète la maîtresse.

Cédric ouvre la bouche avec difficulté.

– Je suis en train de rouiller, maîtresse, articule-t-il d'une voix rauque.

– Allons allons, ne dis pas de bêtises. Tu sais bien que les enfants ne rouillent pas !

– Ça dépend lesquels ! Ceux en inox n'ont pas de problèmes, évidemment, mais les autres...

– Quels autres ?

– Ceux qui sont en métal ordinaire, comme moi...

La maîtresse sursaute.

– Tes parents ne t'ont pas donné ta dose d'antirouille, ce matin ? demande-t-elle.

Cédric baisse la tête.

– Non, maîtresse. On n'en avait même plus un fond de bidon pour le petit déjeuner, et le garage d'en bas était fermé.

– Ah là là, les gens imprévoyants ne devraient jamais avoir d'enfants ! soupire la maîtresse.

36
CONCERT PRINTANIER

– Maîtresse, maîtresse, Cédric ne parle plus ! crie Noémie.

– À la place, il produit des sons d'instruments de musique ! explique Aglaé.

La maîtresse se mord nerveusement les lèvres.

– Cet enfant me rendra folle ! gémit-elle.

Du fond de la classe lui parviennent des roulements de tambour. Elle hausse le ton :

– Silence, Cédric ! Tu ne vois pas que tu perturbes les cours ?

Des cliquetis de castagnettes lui répondent.

– Veux-tu bien te taire, petit insolent ! sursaute-t-elle. Apporte-moi ton carnet de correspondance, que je mette un mot à tes parents. Et tu me le ramèneras signé demain, sans faute !

La plainte d'un saxophone lui parvient aussitôt.

– Inutile d'essayer de m'attendrir, Cédric, je trouve ton attitude inacceptable !

Des accords de guitare s'élèvent à leur tour. D'un coup, la maîtresse se radoucit.

– La musique de *Jeux interdits* ! Mon morceau préféré… murmure-t-elle.

Elle réfléchit quelques secondes.

– Finalement, tu es doué. Si tu me joues le *Concerto en ré majeur pour flûte et violoncelle* de Mozart, je veux bien lever ta punition !

– Pourquoi pas du rap, maîtresse ? proteste Pierre-Yves.

– Ou de la techno ! ajoute Clarisse.

– Du rock, plutôt ! réclame Aglaé.

– Moi, je préfère le chant des oiseaux ! dit doucement Sophie.

Aussitôt, un concert de pépiements s'élève.

– Ah, l'amour, toujours l'amour… murmure la maîtresse, rêveuse.

37

L'ÉLÈVE VENU D'UN AUTRE MONDE

– Maîtresse, maîtresse, Cédric devient tout vert ! s'époumone Noémie.

– Et il a des antennes qui poussent ! ajoute Aglaé.

Très énervée, la maîtresse s'approche de Cédric dont la moitié du corps est couverte d'écailles vertes, tandis que l'autre moitié a encore une peau rose, un jean et un tee-shirt.

– Cédric, nous ne sommes pas au carnaval ! Retire immédiatement ce déguisement !

– Ce n’est pas un déguisement, proteste Cédric. Je suis réellement un extraterrestre !

– Extraterrestre ou pas, c’est incorrect de se changer en public, il y a des vestiaires pour ça !

Cédric baisse la tête, puis se dirige lentement vers la porte.

– Accroche bien ta combinaison spatiale au portemanteau, recommande la maîtresse. Je ne veux rien voir traîner par terre !

– Moi, mon père, il n’aime pas les extraterrestres, dit Pierre-Yves.

– Pourquoi ? demande la maîtresse.

– Parce qu’il est raciste ! crie Sophie.

– Même pas vrai ! se rebiffe Pierre-Yves. Il trouve juste qu’on est très bien entre nous, les Terriens, et qu’on n’a pas besoin d’être envahis par les immigrés des autres planètes. Il a raison, n'est-ce pas, maîtresse ?

– Non, dit la maîtresse. Pour moi, vous êtes des enfants, un point c'est tout. Quelle que soit votre origine, je vous aime tous pareil.

– Nous aussi, on vous aime, maîtresse ! assure Pierre-Yves.

– Merci, dit la maîtresse.

Et elle s'envole par la fenêtre.

TABLE DES MATIÈRES

Gudule

Il faut que je vous l'avoue : l'humour des enfants m'amuse bien plus que celui des adultes. Il est fou, délirant, et ne s'embarrasse ni de logique, ni de vraisemblance. Il se contente d'être drôle, un point c'est tout. Et tans pis si, pour les besoins de l'histoire, les chiens ont cinq pattes, les maisons dansent le rap ou les fourmis se changent en loup-garou, les nuits de pleine lune.

Et fait, nous nageons là en pleine poésie, et cette poésie n'a qu'un seul but : faire rire.

Du coup, je me suis dit : serais-je capable, moi aussi, de pratiquer cet humour-là ? Je ne suis plus une enfant, certes, mais je l'ai été ! Et mon enfance est toujours là, bien vivace, au fond de moi… Si j'essayais ?

J'ai essayé. Et ça a donné le livre que vous avez sous les yeux. Est-il aussi marrant que s'il avait RÉELLEMENT été écrit par un enfant ? Ça, c'est à vous, lecteurs, de me le dire !

Du même auteur :

AUX ÉDITIONS NATHAN

L'école qui n'existait pas (série « Mickette »)
La boutique maléfique (série « Mickette »)
Aie peur et tais-toi (série « Mickette »)
Danger, camping maudit ! (série « Mickette »)
Dans les griffes du papagarou (série « Mickette »)
Contes et légendes de la peur
Contes et légendes des fées et des princesses
Contes et légendes des mille et une nuits
Contes et légendes de l'amour

Anaïs Massini

Influences

Kasimir Malevitch, Georges Perec, Claude Lapointe, Brigitte Bardot, Rüdiger Stoye.

Amours

Le chocolat, Hamburg, les formes géométriques, le gratin d'aubergines, les quenelles aux langoustines.

Haines

Les abats, les fruits de mer.

Parcours

Ateliers d'illustration des écoles de Strasbourg et de Hamburg.

Envies

Voyager loin, manger des langoustines ou des aubergines.

Vous avez aimé

ON A UN MONSTRE DANS LA CLASSE !

Découvrez d'autres romans dans la même collection

Lili et le loup

MICHÈLE CORNEC-UTUDJI
Peggy Nille
C'est la vie ! (8-10 ans)

Qu'il est tranquille le monde doré de Lili ! Mais qu'y-a-t-il derrière le mur de son jardin ? Ce n'est pas dans ses livres que Lili trouvera la réponse. Elle part seule dans la forêt… et y rencontre le loup. Contre une boîte de pâté, il accepte de jouer avec elle, et même d'apprendre à lire. Mais ce loup, si bon élève, résistera-t-il à l'envie de manger Lili ?

Mon jour de chance

PASCAL GARNIER
Frédi astèr
C'est la vie ! (8-10 ans)

Les parents de Laura ont hérité d'une fortune colossale ! Aussitôt, toute la petite famille s'empresse de la dépenser dans des achats démesurés. Laura décide qu'elle n'a plus besoin de travailler à l'école, maintenant qu'elle est riche. Vite, il faut encaisser l'argent ! Mais le destin a plus d'un tour dans son sac…

J'aurai ta peau
EMMANUEL BOURDIER
Emre Orhun
Fantastique (8-10 ans)
Richard déteste Malal. Peut être parce que Malal est noir.
Ce matin-là sur le terrain de foot, Richard a frappé Malal.
À aucun moment il s'est imaginé quel effet cela pouvait bien faire d'être à sa place, dans sa vie, dans sa peau.
Il aurait dû y penser avant.
Désormais, il n'a plus le choix.

L'enlèvement de la Joconde
YVES PINGUILLY
Joëlle Passeron
Policier (8-10 ans)
Clarisse, dix ans, se promène au pied de la tour Eiffel avec ses amis Léa et Herbert, lorsqu'un homme en moto la kidnappe ! Celui qui l'a enlevée adore le célèbre tableau de la Joconde… et il veut absolument immortaliser le portrait de Clarisse, qui lui ressemble comme deux gouttes d'eau ! Parviendra-t-elle à échapper à cet excentrique artiste ?

N° éditeur : 10121262 – Dépôt légal : août 2005
Imprimé en France par Hérissey (Evreux – Eure) en juillet 2005 – N° 99639